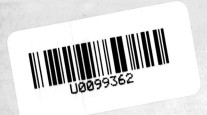

留不住的航渡

葉維廉 著

1987

東大圖書公司印行

滄海叢刊

© 留不住的航渡

作　者　葉維廉
發行人　劉仲文
出版者　東大圖書股份有限公司
總經銷　三民書局股份有限公司
印刷所　東大圖書股份有限公司
地址／臺北市重慶南路一段六十一號二樓
郵撥／〇一〇七一七五—〇號
初　版　中華民國七十六年四月
編　號　E 83008
基本定價　伍元伍角陸分
行政院新聞局登記證局版臺業字第〇一九七號

給慈美

幷紀念並馳廿八年

目次

人生

人生 四首

一

流
如烟
駐
如巒
洒向
無窮盡的晶碧
洒向
無窮盡的黑暗
承受
白熱的蒸騰

承受
寒冰的折裂
你我就這樣
携手
穿過人生
穿過歲月

二

無邊緣的黑布
因着雲腳
偶然的移動
拂開了
一圈
久病未愈的弱月
顫顫然
寂寞在高處

下方
匍伏在山綫上
零落的幾盞燈火
在那裏
吃力地搜索
生活
吃力地搜索
生命

三

秋深了
樹
形消骨立
一葉一葉的

病歷
如捨不得丟棄的記憶
堆滯在角落
積塵
褪色

高爽的藍空裏
只見一隻黑鳥
一閃而過

四

無垠的棉花
雲
微微浮動

蛙鳴

雹響
人車聲
都好遙遠啊

水雲寂靜
烟霧寂靜
越來越厚的寂靜
如苔
一齊
向我圍擁
把我淹沒

一九八三年冬

馬路之晨

一

微寒的秋風
偶然拂起
隔宿的機油汽油塵
焦焦的味兒
撲鼻
大馬路
空空
如機場的跑道
附近的黑鳥
順利的自由起降

你看
還有一隻年老的灰鴿子
那麼悠閑地
跟着我慢步過馬路
使得那幾個零落的晨跑者
也另眼相看地
停下來
讓牠走過

二

所有店舖的門
都緊閉着
一些衣著最入時的人影
在玻璃櫥窗內
定目無神地
向外

凝視着大馬路
一排腳踏車
過去
另一些門窗緊閉的
汽車、卡車
那麼各不相干地
迅速馳過
馬達隆隆
而彷若無聲

三

日子像一把刀
從早上九點
到下午五點
一刀一刀的
刻在你我的臉上

風的皺紋
一天比一天的深
我們知道
一天比一天凌厲
我們知道
你我是如此甘願地
成羣結隊
奔赴
刑場

戲夢二首

一

夢
你兇什麼？
給我滾回夜裏去吧
透明、陽光
你可敢動？
醒
是我的權利
睡
是你的管區
你

被關在老死不相往來的
一個不同一個的昨日裏
我可以
踏着一個不同一個的夜
走向
永久的白天

二

夢
你說你是無涯無盡
旣是無涯無盡
你又怎知有涯有盡是什麼？
還是
因爲我是有涯有盡
才有你無涯無盡之說……

也許都是無稽的！

如果沒有了有涯有盡的我
便根本沒有你的存在
還遑論什麼無涯無盡！

雨後的紫花樹

已經遲了
空氣裏彷彿廻響着這句話
杜鵑已經盛開過
綠葉已經淹沒了花朵與枝椏
春天彷彿對我說
你已經遲來了

園徑上有誰還會吟哦一句新詞呢

早晨一片無端的驟雨吧
雨後的陽光
琉璃的足音

驚醒了疲憊的
城市
推窗向外
濕瀝瀝的空氣裏
鳥羣最後的一浪鬧聲
隨着晨風沈落
在那樸素明淨的山上
如一棵獨立燦然的紫花樹
靜靜的
發散着永久的清香
年年歲歲花相似？
你不信？我不信？

時間確曾爲那棵紫花樹而寂止。

在夢的邊緣上？

爲這個沒有夢的城市？
爲這個遲來的匆匆的過客
春天下一片驟雨
好讓那紫花樹
冉冉出現在
透明的玻璃上
當城鎮一一的閃過行車的窗前

一九八一年四月二十四日於臺北

鳥鳴與扇

一

鳥鳴
而不知藝術爲何物
我們可以說哀
我們也可以說愛
我們可以說樂
我們也可以說樂
都合乎自然

二

那麼你的吟唱呢

彷彿有人問我
那一瞬啊
春雲初發的湧溢
我敢說
也像鳥鳴
那樣完全

三

是因爲氣候
在日子無聲的移動裏
變了嗎？
是山間光澤燦然的樹
到了聲逐塵飛的
鬧市？
是初生的鳥兒
在千種競唱裏

失去了聲音？

四

看着菊花散開
看着水色轉濃
六朝的山水
兩京的文化
和溪澗中的鳥鳴
都一同
隨著秋雲的暗起
一層層的
被摺入時間的霧扇裏

一九八一年十月

春馳

杜鵑的花魂
被關在
瀝青路面的瑠公圳裏

柳條的風姿
搖曳在
遙遠的記憶中

我們馳行在
撲撲的新生南路上
尋覓着
思夢着

迷茫中你我熟識的展紅與垂綠

臺大古老的鐘聲
隨着自行車悠然的輪轉
跌宕到我們現在
急迫的行程

距離
像霧裏的年齡
都是無從理辨的網線
一點光
偶然
自微溫的過去亮起

紫藤一片花
在車窗閃動

23 · 馳　春

我們馳行着
在急燥的車聲中
談論一種冷
談論一種熱
如何在刻板的架構裏
觸發一種跳躍
一種怒放
自感情湧溢的泉源
在單調灰色的影子間
在速度的追逐下
如何去覓出那
若卽若離得而若失的語字
在冷中
讓它們緩緩地溫熱
讓它們緩緩地著色……

杜鵑花魂低低的呼喊
滅絕在車塵裏
柳條細梳微扣的風姿
失影在濃得不透明的陽光中
我們馳行着
向過去
向將來
那若明若暗的奔路

一九八五年四月十三日臺北

白先勇小說「遊園驚夢」改編舞臺劇觀後

目送最後一個觀眾
回頭看着臺下的半張臉
消失在國父紀念館的側門之後
仍然在輝煌的燈光下閃爍的
幾千張空座位
彷彿突然漲滿了幾日來
白鴿高飛似的掌聲
數起數落
震盪着仍然是熱哄哄的胸膛
終究是平靜下來了
一會兒這些摸得比家裏的家具
還要熟識的擺設和

濃烈地生活了數日，啊數年似的
樓臺宴席馬上便要拆除
萬分的不甘願
萬分的無奈何
趁錢夫人她們在下粧的時候
再一次
在倒流時光的道上
作最後一刻的遊園？
怎渡？
怎渡？
沒有戲的戲臺
正如沒有梅園新村的臺北
剛才樓臺外的桂花
可以不見而香
現在一堂的花束
也阻不住

阻不住啊
夢的醒
夢醒醒夢
曾是多迷人的糾纏不清啊
偷偷的走到國父紀念館的門口
在巨大的仲夏夜裏
想重拾那
幾千張雨傘擁來看戲
其後
幾千張雨傘又擁去的
驚喜*

*聶光炎先生的觀察，不敢掠美。

歲寒與四十年代老詩人上香港太平山

我們緩步走上花園道
踏入那未曾改變的山頂纜車
你摘下眼鏡
抹一抹鏡上初生的微露
記憶
便隨着寒冷的濃度升高
車子
依着你熟識的速度攀騰
窗外暗色的樓宇
靜靜地
自你的兩肩滑落
當車子用力翻過了世界的轉角

下面
在惘嚇的沉沉黑夜的中央
頓然燈火明亮
好一個安詳美麗的港口！
彷彿是約定似的
今夜，清澄無雲
好讓你
依着似曾相識的港灣
搜索你熟識的碼頭和輪渡
這便是了嗎？你問着。
搜索你熟識的銀行大厦
失滅在千手般其他的大厦中。
你摘下眼鏡
再抹去鏡上新生的微露。
「如果那時……如果……」
一陣狂猛的夜寒從山頂冲下

淹沒了剛剛離唇的字句。
你默默地
隔港望入山影幢幢的遠方
想着遠方的黑夜裏
裹護着多少待講述的故事：
譬如說，由一個風火的世界
回到另一個更狂暴的風火的世界
譬如說，一疊疊心愛的書籍
被撕得落葉紛飛
而投入秋天的烈焰
譬如說，多少詩思凝混飼料
訴說你洶湧的長長的守夜
譬如說，那個多次爲人爭逐、棄辱的女子
那個默默承受創傷的母親
和那站在生命邊緣爲她憂鬱成疾的兒女
譬如說，那個驅浪逐潮的巾幗

隔夜成瘋的故事……
都是如此奇峯突起
都是如此無法落入固定的公式……
跟着下山的車子
我們就讓這些故事
緩緩的
沉入夜的深層裏
讓這些故事
細心地
裹在「晚安」的祝福中
至於明天
明天，你知道，
鳥聲會在陽光中把你喚起
那時我們再看風景去。

一九八一、十二、廿二香港

字的傳說與死亡

字的傳說

當年說，走了，增添一個字
一個平凡的日常用語
放在夜裏放在藍天
也不見得會閃閃生光
是奧菲爾斯
在一個偶然的顫動裏
用他細得可以穿針的琴音
把裹在字裏的秘密
打開了？
在一個神異的春天裏
第一次灌溉了這個新添的字
使它抽芽迸葉

隔著萬里的沉默
彷彿是千載的空無？

難以置信的事實
一個字
抽芽迸葉
在無人注意的空無裏
在白得令人倦愁的遺忘中
日復日
月復月
年復年
一個字
竟如此倔強地
迸葉抽枝
茁長在
人們的漠視裏

「變動不居的
單薄無根的生
是死的製造……」
隆隆的雷動
自行將爆裂的地心
我彷彿也曾知道

難以置信的事實
一隻鳥
終於在風發的松葉上
歌唱起來
……
沉醉何嘗不像空無！
快樂可是倦愁的開始？
把心胸打開的鳥

冷不提防
刺傷在針葉的顫動裏
彷彿像童話裏失卻符咒的孩子
怎樣唸也唸不回那
開合自如的句子
那個神異的字
帶著芽葉針枝的字
一下子便
沉入深不可測的空無裏
憶懷，此時
卻繭厚如永不消失的黑夜

天眞的孩子不信
由是
便永遠放逐在
死灰的絕望裏

走了，無字，無芽，無葉，無花
只有載不動的
千層萬噸的憂愁

字的死亡

一

我們涉著微明中的黑暗
沿著棧道手牽著手
輕輕吟唱著一個平和的音
走到那俯視萬里平原的峯頂
站成兩袖的環抱
齊聲呼喊：
朝雲　朝雲
朝雲　朝雲
齊聲重複的呼喊：
朝雲　朝雲

朝雲　朝雲
那朝雲便爲我們停住
在那巨目似的天邊
也站成兩袖的環抱
像我們一樣
等待眉啟
等待旭日初生

二

那是過去——
誰相信那活潑潑的字會遽然死去呢
雨，應著我們的懇請而降臨
春來秋往給我們期望與收穫
夏給我們溫熱多給我們磨練
給我們培植更活潑
更有效的音和字

更清明的律呂
你們有沒有聽見那無條件的讚歎：
　美哉，淵乎！
美哉，泱泱乎！
美哉！蕩乎！
美哉！渢渢乎！
　熙熙焉德廣且大！
鑄之金、磨之石、繫之絲木、越之匏竹、
節之鼓而行之，以遂八風
於是乎
氣無滯陰，亦無散陽，陰陽序次，風雨時
至，嘉生繁祉，物備樂成……

三

誰相信那活潑潑的字會遽然死去啊！
爲了什麼緣故

岳動川移
地裂
天開
水衝
火躍

在那濛濛的天地間
殷殷的雷動
萬戟林行
如決潰沸野
千乘壓卵
壓碎極目霜白的枯骨
炙血的騰煙漲滿高天
滲入驚沙茫茫的混沌
劍，割不開
炬，照不透

爲了什麼緣故
燒連船
焚宮室
樓船淹江
旌旗蔽天
毒氣滯留在山谷
春草焦萎在沃野
而淙淙的河流
把最後的魚類
一一擊傷

爲了什麼緣故
千萬的人頭
千萬的屋宇、車輛、船隻
千萬的獸骨鳥羽
千萬的脫了色的花朵和樹葉

被那龐大的煙的氣流
吸起
提升
直上迷茫的九霄
爆散為
一個看不見邊緣的羅蓋
然後那樣不經意的沉落
沉落、沉落
入那不知何所止的空蕪

四

騰騰的行雲飛穿過
兩旁沉黑肅立指天的柱石
一種聽不見的隆隆
自遠古
如從未停頓過的輪轉

輾過刼後的土地
一切的呼喊
都已中絕
在死寂的天空裏
漂游著
一些流離的字
向東而復西
向西而復東
向南而復北
向北而復南
如何合而再生
如何離而重死
在這無垠死灰的漫展裏
那些字
如何去停泊
如何去找到自己的形義

如何去找到那
爲它們吹氣而復活
爲它們發音而淵美的人？

太初之生

——和山海塾舞展

一

虹
彩給它自己看
天彷彿攬鏡自
藍
在無法測量的
太初裏

二

天藍
無邊緣的垂幕

抖著
顫著
是什麼情事要生發？

三

從霄
緩緩
緩緩
墜吊著
四個
蠕動
蠕動的物體

四

四個：
胎兒？

帶著死灰的
泥漿
如初生的
蝙蝠
在太初的
太藍裏
伸翅
欲動

五

四象
互相模擬
如自然中的
啞劇

如在未見的將來裏

有山濤起伏
相應
海岳湧流
有麥浪滾逐
相應
頭顱聳動的移行

六

風
簫
好長
好細
而
似盡
未盡

七

雷
鼓
　在
天外
　在
山底

八

四個或
四條
蠕動而未醒的
泥體
垂直
入

深沉的黑暗裏
在天藍遽然失滅的一瞬間
醒來
而各自摸索
它們能動的意義
各自尋找光
而光亮起的空間
給了它們什麼？
它們傾耳向風
向雷
依著緩速輕重而扭動
不知爲了什麼

九

在混沌的黑暗裏
一環曰乾

一環曰坤
深裹著
一個胎芽
橫臥在
微隙一線
慢慢的
慢慢的
蠕動
掙開
頭昂
手伸
在新得的空間裏
激烈的舞動起來

十

霹靂

四支利戟
插入東西南北四方
地上由是
定向
而有了邊緣

十一

四條白色的爬物
吸著空氣
吸著水露
濡沫
蜿蜒過猶甚黑暗的大地
在乾坤的夾道上

十二

陰陽相推

在黑暗裏
爍爍焉
轉動
引出
四體
自金位
自木位
自水位
自火位
一齊向內圍擁
揮著戟棒互動互移
依著陰陽
推著陰陽
在太初的黑暗裏
乾
坤

互照互變

十三

四象由是
在陰陽兩儀之前
互相模擬
如自然中的
啞劇

相似而不似
不變而變化
依著
乾坤的循環

十四

泥土

藉著四季的培養
從槁枯裏
甦醒
從無覺而有覺
像河的涸乾
只是水的下滲
如死
是不斷繼起的稀薄
生
是緩緩積聚的凝厚
泥土是
死中之生
生中之死
那蠕動是如此細微
猶如風的髮
流入無盡的空裏

看不見而感得著
猶如無質的時間
不斷的紋織
寂寂若可聞
泥土
自無覺中
隱隱翻蠕
也許是因著金的引動
也許是因著木的凝持
也許是因著水的冲發
也許是因著火的激盪
而躍起
風
簫
一線一線織著
死灰的記憶

雷
鼓
隆隆催逼
挑逗著行動
但行動是什麼呢
茫茫然
覺與動
被裹纏在時間的白綾裏
那彷彿永遠褪不盡的胎衣
躍起
向東
向南
向西
向北
試探著
把時間的屍衣除卻

讓記憶再次升騰
讓躍起不再盲目
泥體
帶著褪不盡的胎衣屍衣
摸索
重覆著一些姿式
變化著一些姿式
依著來自四方的
相尅相生的力量
蠕動、模擬、移行
去摸索
那變化、重覆
以及能動的意義與目的
躍起
一再躍起
風

簫
漸烈
雷
鼓
愈急
泥體
在兩儀櫟櫟的轉動裏
終於觸握着陰陽
而樹立
突然
金再引動
木再凝持
水再冲發
火再激盪
泥體
在乾坤的環中

參與著太初的生變
合推著
記憶的開始……

一九八四年七月九日

〔後　記〕

日本舞團山海塾是洛杉磯配合奧運所設藝術節目之一。我事先沒有多大認識。詩人也斯夫婦買得四張戲票，請我和慈美一同觀賞。是夜，在柏沙典那城的劇院演出，全場爆滿，買不到票在門外高舉牌子求人讓票的很多。

坐在劇院內一小時半，眞是人人屏息地看。眼前演出的，刻刻令人驚注，震撼力很大；因爲舞者五人的形象，是五塊或五條或五個粉狀泥狀灰白色的塑體，在燈光下，我們不能稱之爲人，彷彿只是史前一些物體生變的蠕動。唯一令我和慈美聯想起的，是日本上古的埴輪陶俑；但眼前的演出卻絕對超過了埴輪的形象，因爲極度抽象與非常具實的生變程序之間，利用造型藝術的安排（出場、佈置都盡得雕塑、繪畫、音樂、動姿、光變溶合爲一的精神），捕捉了超地域性屬於太初的衍化。

從洛城開車回家的路上，我們禁不住熱烈的討論著。以上是我作爲一個中國觀眾依著事件生變總印象所得的另一種呈示，不能說是它最後的解釋。事實上，像山海塾這種演出，也不應該只有一種解釋。既屬於史前，便應該是超文化的。

菊花的傳說

一

微潮在天外
霄寒的呼息
浮游在早晨的太空裏

霧幕拉開

一展極目的草原
若灰若藍的早晨裏
彷彿有一種來自遠方的呼喚
彷彿是一種期待了多年

潛藏在心岩中
洶湧的欲望
欲發未發的顫動
在若灰若藍的早晨裏

微潮在天外
霄寒的呼息
順著流風
過雲霓
越山岳
踏著樹波
來到
若灰若藍的草原上
那包裹著千萬年記憶
熟睡著的一朵菊花
包裹在千萬年律動

在無垠的夢與黑暗裏
默默地生長與成熟的一朵菊花
在霄寒輕輕的拂撫下
悠悠的醒轉
靜聽！血脈的湧動
　　筋絡的舒展
來自那潛藏在
無可量度的心的深層裏
一種氣的凝聚
一種氣的推行
湧動的血脈
舒展的筋絡
是應和著怎樣的一種呼喚啊
突然
自那若灰若藍的草原上
躍起

電光一閃
鑼聲一擊
花瓣層層
爍爍焉
打開
血脈如此快速
筋絡如此合拍
一齊扇著
千萬年的含香
伸向藍天的周緣
當微微抖動的花蕊
承著一珠露水
迎接那萬里天外
奔來的陽光

二

陽光
一大片透明的鏡子
從天的一邊
彎到天的另一邊
鏡罩下
好一片騰躍的色澤
像海裏的浪花
著黃
著青
著多變的虹……

三

醉了
那海，東看西看
都不是海
醒來

那山，前看後看
都只是山
惟有妳啊
醉看醒看
都是妳
都不是妳
所以欲尋
欲得
而鎮日癡狂

四

萬里的陽光裏
騰騰焉
如驚飛的烏鴉
黑雲
一點

一柱
橫天一幅
佔據東天的一角
密集的雨
急驟的手掌
打向
搖曳的柔條上
緩緩地
散放著香的
透溼漓漓的一朵花
水珠無聲地
沿著垂瓣滴下
帶著無人去聞的香
入她的土裏
入她的根鬚

五

花的軀體
漂盪在
平鏡的河面上
漫漫的行進
經過微彎的水草
驚起一對
正在水面上親密的蜻蜓
尾巴彈起水漩
把花直流的軀體
漩了個方向
而在橋腳下停扣著
一個小時後
一條小船在遠方馳過
湧來的微浪把

花的軀體托起
而繼續向下游馳行
河中突起的石頭
和忽然開展的沙丘、小島、叢樹
把河割裂成幾條水帶
急遽激盪的流水
偶然濺起的浪花
把花的軀體
撞爲碎片
依著不同的水帶流動
隔著沙丘
隔著小島
隔著叢樹
流、流、流
向大海
向夕陽

而在入夜之前
在那震耳欲聾的水瀑聲中
花的軀片
各循其路
墮入無人知曉的深淵裏

一九八五年一月

故園的夢與醒

北京

街景之一

風沙停了
你抖一抖帽子
爲我一指
兩旁銀杏般的大樹
護着一隊隊弓着身子的自行車
向長安街開過去
好長好濶的大街
你說：你看北京的綠化怎麼樣？
葉芽在餘塵中微顫着
一些爭相攀騰的現代建築的左面

一大片一百年、二百年、三百年的
無窗的矮泥屋你擠我擁地
蹲在那裏

耐心地蹲在那裏
醇味老酒那樣蹲在那裏
琉璃廠的古玩古畫那樣蹲在那裏
在劃得整齊的大路上
和遠不見眉目的天安門廣場上
在風和日麗的假期裏
誰不也哼上一兩句
振奮如天藍的歌曲
那怕是垃圾堆
也要放隻長如雲帶的風箏
風沙來的時候呢
防風林其實還沒有壯實
那時嗎，你我

你我還是摸入黑漆漆的曲折的胡同裏吧
房子雖然是破舊了些
卻是有溫暖
有含蓄的詩那樣的溫暖……
啊，對不起
你剛剛問我什麼來著？
綠化。綠化很好
可以擋住塞外的風沙
這，我完全相信

街景之二

深夜裏
微弱的街燈投照下的
四線快車道旁
四個蹲着的人影
用背頂着四面的黑暗

全神貫注地
在一圈佔有的街燈下
奮發地玩着撲克牌

一九八一年五月

回音壁

藏了三十年的一個秘密
如今就像初戀的情侶一樣
讓我在回音壁上
全盤向你傾訴：

明天我將死去
帶着我內外都凝血的手死去
帶着我一切的羞恥
和習慣了的殘暴
隨同我早已硬化的軀壳死去
帶着猜忌，仇恨
和固定反應的防衞手段

隨同我的疲憊（啊，公式化的疲憊）
　死去
一語隔天涯
愛人，曾幾何時
竟在此深情的良夜
在我死去的前夕
再見到你
徘徊在久違了的月光裏
彷彿啊
香霧雲鬟濕
那種被棄經年的思念
如驚濤拍岸
從我石化的眼洞鼻洞
耳孔毛孔
一齊衝入
直透那深藏又深藏的

已被遺忘的心穴裏
一下子把我的淚泉衝破
請原諒我措手不及的情感的氾濫
因爲這是第一次、第一次啊
我驚覺我原是深深的愛着你的
在我帶血的手揮動着刀的時候，我愛着你
在我用汚言穢語侮辱着你的時候，我愛着你
在我重覆着別人的意志毀壞你面容的時候，我愛着你
在我製造仇恨、驅着人潮去淹沒你家園的時候，我愛着你
叫我如何說
我是深深愛着你這句話啊
叫我如何說！
全是軀殼！
全是軀殼！
明天我便死去
我求你的，愛人

不是你的愛
你的愛啊深不可測
我不配
我求你
把我死前再生的一絲愛的幼芽培植
也許有一天
更多的人，像今夜月光下的你
神賜一樣的臨幸
在回音壁上
也聽到我去壳前
最後的
這一絲
卑微的心聲？

一九八一年五月

背影

風吹
雨打
那橫在路旁
鐵黑的軀體
一鞭
一裂痕
自層層古老的傷口
爆開：
鐵銹的血
一線線
滲入
黃土裏

在深刻的皺紋上
爬着夢
和疾病
汗濕漓漓的犁
犁着
一大片
一大片
極目無涯的生活
就偶然
在臉的田疇上
曝曬
一點點希望的
餘穗

太陽出

太陽落
一樣的臃腫
一樣的粗俗
不神不聖
有酒便飲
而不酗
有飯便吃
而不暴
有歌往往
奪胸而出
有情則
卷葉隨風
舒泰若雲
(那怕是一瞬間的文雅！)
就是這樣
因爲啊

反正生之不長
死而無物
冬天顫抖
夏天汗流
季節——
是的
這叫做季節的邏輯
風吹
雨打
一鞭鞭
一裂裂的
一朝朝的傷痕
催促着
這些無名的龐大的身影
哼喲哼喲地
拖動着

多少你的
多少我的
幸福與憂愁

一九八一年夏

塞外之晨

窗外
風沙把夜捲成黑浪
一波逐一波的
靜靜的拍着乾突的遠山
一些碎石子的小徑
東歪西歪的
游入疏疏星光低暗的天邊
在彎向地面的一些黃草外
你期待着什麼呢？
牛羊晃動的影子？
一些工人拖着煤屑車的輪響？

還是霍霍金刀
割破萬里愁雲的
千山馬蹄血？

斷玉的寒氣裏
竟是那溫順的小驢子
照常歡快的叫聲
彷彿向星兒說話那樣
把我喚醒

一股暖暖的晨光
這時
把城頭一棵獨立的樹裏住
山西大同已經和我
一齊起來

一九八一年夏

雲岡大佛說：

一

好深沉的寂靜！

三兩驢車
一個彎身向前的人影
默默地頂着
黃入天裏的
莽莽平沙
在武州河的邊緣
緩慢地走着
一百年

二百年
它們負載着什麼呢？
如此的重
向著
如此崎嶇迷濛的遠方

二

多少朝代帝王的呼喝
多少世紀百姓的哼喲
多少金聲鼓鳴
多少刀風箭雨
多少虜雲烽火
無聲地
在我望入遠方的石瞳上流過
在那永遠擠擁的泥屋間流過

而武州河
我那最熟識掌故的同伴
總是迂迴曲折地
入夢呢喃
出夢呢喃
那樣不舍晝夜
訴說着一些
一些怕被人遺忘的故事

參拜者啊
你爲什麼不細心注聽？
你爲什麼不細心注聽？

一九八一年夏

夢與醒

——一個知青的自白

醒來
擰一擰皮膚
痛的
你說
那漫長的匍伏在地的爬行
那一鞭一鞭的喝打
那山穴的曲折和泥血的滲滴
果然是夢
摸一摸赤裸的身體
完整的

你說
不必抓一把土
向燈裏驗
隔宿的淚
如此便
消隱在
春花的喧鬧裏
披一件舊棉衣
把殘寒一腳踢開
你
走入洶湧的人潮裏
多高昂的情緒啊
一浪一浪的歌聲
同出一律地
把山推倒
把水澤填平

把金黃的稻麥
推進到陽光的邊遠
多高貴的情懷啊
你是種子
我是種子
與萬物並馳
馳入共同的幸福裏
像水滴滴滴
匯合中華民族
深奧無涯的大海
由是
你呼我應地
喝住黃河的泛濫
鎭住天而不崩
堵住地而不裂
我們合掌

便彷若中流的獨柱石
頂住天雷地電
雨欲暴而不作
橫絕太空的
是我們啊
我們
赤手把歷史搶下來
任拉縴在肩膀上
烙下我們鮮紅不滅的徽印
風，三千年
雲，三萬里
都是我們歷歷在目的行迹
走，我們一起走
在一種宏亮的感召下
穿過死蔭的狹谷
和凝血纍纍的枯原

飛越陰雨啾啾的長城
和晶晶裂目直上天山的寒光
走，我們一起走
一浪一浪的吶喊
一起一伏
前仆後湧的
「爲一個偉大的目的啊！」
空氣中的情緒如此高昂
「保衛一種色澤
就是
保衛我們理想的完整
就是
新的眞實的胎生
必需絞痛傷殘的胎生
就是
除卻『舊』與『醜』

除卻巉巖
除卻自我
除卻個性……」
像醇清的氣體
超升入
雲霄……

「爲一個崇高的目的啊！」
空氣中的情緒如此高昂！
由是
在霍霍紅旗的揮動裏
在蝗蝗口號的旋躍中
你
再一次把舊的棉衣脫下
兩手把它拉緊在眼前

欲敵住
一圈快接一圈的眩目的紅光
如此
就如此
直至
你目光炯炯地
瞪著
瞪著
你的愛人
你的母親
你的摯友
一支支利箭
由雙目不自禁的射出
直刺向明鏡
刺破那明鏡的虛幻啊
他們說

刺破那夢中的夢
現實中的夢
瞪著
瞪著
石化炯炯的眼
向無涯的天空
當天藍突然
發熱似的顫抖起來
突然
像吞了針的大蟒
纏住江南江北的山水
捲住商周漢唐
風，三千年
雲，三萬里
猛力一擲
把天空擊成碎片……

風雲滾滾在遠方
江河澎湃在心胸裏
當落日的火
把高原展開
回頭一看：
木落秋草黃
白骨橫千霜
你
擰一擰皮膚
痛的
卻輕輕的說
敎我如何
從現實中啊
醒入夢裏？

一九八一年六月二十日

夢與醒變調

——寄意「山坡羊」

峯巒如眉緊聚
波濤如嘴怒張
河東河西
江南江北
路路人相峙
山山劍來逼
去京城?
意營營
傷心十年大漠
歸來白頭愁索

夢
錯錯錯
醒
錯錯錯

水鄉之歌贈江南友人

這的確是不尋常的
一朵半放的花
一瓣長的水
繞著一瓣寬的稻
夾著另一瓣
溢滿著柔的流水
扶持著另一瓣
飄蕩著香的稻穗
一瓣魚躍
擁著一瓣雀騰
在春天
如果你跟著我

一層一層的往花裏探
你最好屏神凝注
　　屏神凝注
水瓣裏
的
稻瓣裏
的
水瓣裏
的
蕊心的
頂上
正搖盪著一葉小舟
小舟上站著一個
紅裏透白
白裏透香
香裏透柔

水一樣的
蘇州姑娘

你我最好屏神凝注
在這個不尋常的春天裏
一同把
無故突發的風雨抵住
好讓她香柔的力量
軟化歷史的粗野和暴戾
軟化你我一時的
魯莽與狂蠻

一九八一年五月二十日

桂林山水十說

第一說

是上帝太忙了嗎？
把這些綠滴滴濕瀝瀝的山
密密麻麻的
一柱直一柱斜的綠玉
堆在草原上
曬太陽
而忘記了
回頭把它們
移散到世界別的角落去
害得漓江只好千廻百轉

害得村莊裏的村民
　村莊裏的樹木
只能在夾縫中
仰視
天
靈

第二說

騰雲駕霧
我會
一個筋斗就到西天
我也會
至於在這橫展千里的
梅花樁的山峰上
印證功夫
老實說

憑我老孫的周身功夫
也得考慮考慮

第三說

既剛且柔的
千峰萬嶺
像剛捏好的綠雕塑
等著你我來
安排在一個
伸入天邊的博物館

第四說

讓我把這些
高低羅列如酒瓶的山峰
用雲的絲帶
繫好

給愛醉看山水的你
做一份生日禮物……

第五說

在這些醉倒醉倚的峰叢中
唯心論者
唯物論者
都無從爭論
因爲都沒有邏輯可循
因爲唯美主義
和現實主義
都那樣不按理地
天衣無縫地
合成一體

第六說

漓江
你眞好
帶著我
聽到千峰的萬囀
只希望你
慢一些
因爲一句新聲我還未學會
你便接二連三地
千種唱腔一齊湧來
我歡喜得
心杯滿溢一時承不住
便只好
做一個被動的聽眾
沉入那萬籟的合奏裏

第七說

詩人們，你們別驕傲
老說你們想像多豐富
你們就來漓江吧
看看你們命名的本領
看看你們在自然的
神奇裏
你們的想像
貧乏不貧乏
看看你們有沒有辦法
把這裏所有的山頭
都作一個全新的比喻

第八說

誰說山不能種？
誰說石不能長？
君不見那億萬年前

撒下的山的種子
如今
你擠我擁地
在這江邊
發青芽
這麼緩慢
你肉眼無從看見
它的茁長
可是啊
那些茁長
卻又如此的婀娜多姿

第九說

上帝說
我的形象思維
已近窮途末路了

怎麼辦？
幸好誰把一部天書的字
倒翻在天庭
好，看我的
上帝說
隨手把字抓一把
隨口喝叫一聲
「變！」
竟是亂裏成章
比點穴還準
棋布得
桂林
像一個綠星的城市

第十說

綿綿的風雨

把山潤得
綠珠那樣明麗
把漓江
磨得
比水晶更玲瓏
但綿綿的風雨啊
卻把桂林的矮房舍
霉得不見藍天
把一些空望的眼睛
那麼無奈地
吊掛在零落不全的
破窗上

漓江山水十印

乘船遊漓江，由桂林到陽朔，需七、八小時。因為沿途「山」色可餐，水涼如玉，雖在仲夏，也不疲人。對我們而言，每見一景，難免會想起前人佳句，甚或逗出幾句舊詩來；對沒有受過二謝與唐宋山水詩薰陶過的異鄉人如一船的外國旅客，不知他們心中浮現怎樣的句子。以下皆漓江上所見所感，不計平仄，不計詩工。

其一

你我每說詩中證
異客點指何所憑

其二

水聲竹筏躍雲出
盪入碧流近中天

其三

江中此舟賽風快
何如一箭數穿山（註）

其四

（村童）
赤身戲水皆自發
（遊客）
衣帶引風未神工

其五

拂水綠竹全欲靜
拔天山石競相嘈

其六

秀竹矗峰不需鑑
刼後破瓦偏水臨

其七

山重水影水重山
曲折宛轉萬山間

其八

左是英雄破天立
右是浴婦觸水凝

其九

沙岸拒波成湖鑑
行舟切水碎山形

其十

臥坐倚伸皆成趣
纏綿悱惻欲語時

註：由桂林到漓江半途，有三個山巔有巨孔，其一卽爲穿山岩。相傳某名弓箭手曾一箭射穿數山。

北方之歌三首

第一首　松嫩平原

極目無盡溢溢欲氾的江水
恣意的塗抹
龍驚蛇怒的畫人
畫筆狂掃
掃入那漠漠不見邊緣的大荒
那漠漠不見邊緣的畫板上
頓然像剪紙的碎花
如此的薄
如此的透明
大塊大塊

浮遊在水面上
閃爍入迷茫
一隻老鷹
一片黑影
彷彿停泊在迷茫的遠空裏
不知什麼時候開始
一縷升起的濃煙
自天際
快速地湧來
大空大寂裏
隱約的
可以聽見
斷斷續續運木材火車的輪轉

第二首　北國之秋

黃葉仍然零落地抓緊禿枝

蕭索的兩排樹
拖著兩翼
伸向河流
伸向林嶺
被秋天砍割得空無一物的田野
把紅潤的膚色都裹起來的
哈爾濱
縮瑟在冷鋒下
冰雪巨人
在興安嶺外
逡巡欲進的足音
清澈貫耳
誰敢不像流蟻那樣作秋忙？
誰敢不像啄木鳥那樣
把栗果釘滿在松樹的樹幹上？
由是

在滿城乾葉燒得浪煙四竄的時候
你把地窖中的雜物清出
我爬入地心去測探地氣
家家戶戶
把滿街滿巷滿公園滿廣場
滿窗滿門滿車滿抱的
秋菜
以最快的速度
送藏到大地的胸懷裏
任城市去縮瑟
任城市去襤褸
你沒有聽見
冰雪巨人隆隆作響的足音？
誰敢不像流蟻那樣作秋忙？
誰敢不像啄木鳥那樣
把栗果釘滿在松樹的樹幹上？

滿街滿巷滿公園滿廣場
滿窗滿門滿車滿抱的
秋棻……

第三首　松花江上

教我如何再去譜一首
我的家在松花江上呢？
木葉落盡
空的堤岸上幾個遊人在縮瑟前行
他們在追尋什麼呢？
錯誤的季節裏
依稀可認的
是那白俄時代留下來的
剝落殘破的水上俱樂部
那臨江空架子的雄姿
庸俗的彩色

淹不住歷史的瘋狂、憤怒和傷感
從記憶的岩穴裏湧出
層層疊疊的專橫、野蠻、愚昧
像那磨不清去不掉的洪水的漬跡
那麼固執地
抓住那岩穴的四壁
江風
像四五十年前的初冬一樣
吹送著它的冷冽和清明
橫江一片空無
正泛著冷中帶微溫的透明的陽光
季節的錯誤
即將過去
他們說
冰雪來臨的時候
冰葉冰枝冰樹冰林

冰橋冰燈冰河冰人
一片晶光透亮裏
你將聽見冰刀霍霍
韻律均勻地
在松花江上
爲你
爲我
劃出你我最喜愛的
絕美的圓

松香晴雪

大漠遊愁

漠霞飛沙漠（註一）

裂眦看不盡
蒸騰騰的熱空氣裏
微微抖顫漫入遠方的山艾
這些矮矮的樹叢裏
也許有蛇類爬行過沙丘
也許有細鳥跳躍於
覓食與避難之間
裂眦看不盡
萬里的休止
山，一線微丘的起伏

彷彿是剪影
隱約可見
每一分鐘都可能會消失
這樣遙遙的存在著
好比要安慰我們：地是有盡的
雖然天無窮無邊
一小時、兩小時、三小時的車程
我們仍然是在圓的中心
彷彿圓周一直在伸展
植物仍然是相似的熟識
空氣也是，味道也是
也許午後的沙漠風
會帶來一些新的變化
也許雲層會沉黑
也許太陽會淡弱
也許……

你看！龍捲風
滾滾黃沙，急速湧來，好快，好快
在那裂眦看不盡的
微微晃動熱騰騰的透明幕上
一個黑影越來越快
越來越大。正奇怪著……
啊，好一個沙漠的騎士
驅著機車
像西部片的牛仔
快鞭快馬
要把死寂撕破
要把寧靜濺起
要把你我
從昏昏欲睡的行程中喚醒

莽蒼的黃昏

把車子停下來
憑倚著斜飛的路面
像緊緊抓著一條河流的險岸
蓬草亂轉
沙石狂流似的滾向
莽蒼的黃昏
天沉沉
地暗暗
時間突然加速猛進
一片山黑，一片山明
一片山黑，一片山明
在茫蕩蕩的遠方閃動
我們在等什麼？
等一隻風沙中張皇失路低飛的歸鳥？
等一個城鎮突然出現在眼前？
等黑夜巨大無朋的翅翼

夾著你我
入更沉黑的旅程？

卅九

在這月黑星無的夜裏
讓我們，一隻弓著的手掌
擋住東面猛烈飛來的風沙
讓我們，伏在沙磧後面
傾耳
向遙遠的黑暗
聽
那隆隆驟起的雷動
篷車急劇的輪轉
激起沙石，野獸四竄
馬鞭索索，嘶嘶的鳴叫
震蕩著仙人掌與矮樹叢

人聲的叫喊如怒潮
一浪一浪打在
高矗如神祉的獨立柱石上
濺得滿天的迴響
盲目互撞如騷動的蝙蝠
一谷的兀鷹戾叫
一若婦孺驚惶的啼哭
沸溢千里
是什麼強悍的火藥
如此毫不留情地
從四面八方流岩似的傾來
見岩屋帳篷便爆炸
見紅膚色的人，老少婦孺
一概掃殺如獵物？
是爲了什麼目的，爲了
鈾、金、銀、鹽礦，爲了石油……

這些白色的外鄉人
篷車、鐵蹄，用刀用槍
要趕盡殺絕這漠原的主人？
佔領、破壞，用水用火
使到這自然的兒女
有土地而歸不得
有鳥獸草木而親不著
有弓箭而不能發
有怨尤而不能響
有大神，啊，大神，你在何方？
被切斷被粉碎被灑向
大漠零散的角落
沒有水，沒有礦，沒有油
沒有植物，沒有動物
沒有可以擋住風沙的岩石
只有一片火熱，在白天

只有一片苦寒，在夜裏
只有一片空空的記憶
在這月黑星無的夜裏
偶然
因著一些風
可以發聲
可以讓你和我
偶然聽見

古井遊魂的獨白（註二）

多少星辰從這天池的上空移過
多少乾風多少暴雨敲打過
這湧流萬年而未斷的古井
這個我們代代生續的靈泉
多少麋鹿，多少神犬環繞著
四壁旋起的回聲

在廣袤的池邊跳躍
依著我那寶石紅的兒子們
因豐收節慶而
打動雲霄的情緒
穿飛串舞
依著那幽而復昂的瓦笛
沓沓如神步
點降在棧道與岩屋之間
沙漠之鼠
太空之鷹
也依著徐徐疾疾的律呂
入窗出窗
把清涼的池水激得
翼翼高揚
啊多少年輪溢滿著
男追女逐男呼女應

互轉如日月的愛情
穿梭著
唧唧復唧唧
七彩繽飛的布織
這個我們代代生續的古井
我們繞著它
一如星辰繞著
天之圓
地之圓
一如鳥兒
一草一葉圓圓的巢築
我們的生命
原是如此圓潤
一若山下石壁另一端
那梧桐樹下
朗朗清泉之流向溪口

如此音律不斷
如此舞沓不斷
如此耕獵不斷
如此歡騰不斷
如此豐盛啊
我們民族的生命
唉，是那一次浩大的白色的風暴啊
玉石炸裂
血肉毛骨蕩然灰滅
七百年、八百年、九百年
我的子民
離散、饑死、跡滅
教我今夜
游行在此冷寂的井邊
如何可以
不爲氣化了的民族骨折愁傷

今夜
天池是一個無邊的月亮
池光接天
天接大漠
好一片靈花似的光華
圓寂了千年的大神啊
祢可以乘著那光華
再降臨到這古井？
我和我子民的魂魄
在大漠無盡的冰寒裏
已經等得太久太久了

註一：漠霞飛（Mojave 讀漠哈肥）是洛杉磯以北橫跨加州、內華達州直侵亞里桑那州的大高原沙漠。

註二：印地安的土地，直貫南北美洲，是最廣袤的領域。在北美洲，則以新墨西哥州的四角地帶，具有最多印地安文化的遺跡。此詩所寫的古井，是指亞里桑那州的 Montezuma well 和附近的 Montezuma Castle（城堡）代表已經消失了的印地安文化。Montezuma，原是墨西哥印地安 Aztec 族的古代王號，傳說有一支落脚在亞里桑那州的 Camp Verde 附近，建立城堡，在古井附近生聚。考古資料顯示，是 Sinaguas 族在一一〇〇年左右落脚在此地，依山石建岩屋，極盛一時。古井相當大，橫約四七〇尺，每天泉水流量約一·五億加侖，曾是該族生聚活動要地，今只餘古井，和一、二岩居舊跡。環境仍甚幽美恬靜，但人事已跡滅無痕矣。

針山

太單調了
你說，這漠原
好，我就給你一條
曲折明淨的小川
好反映藍天和太陽
好反映夜裏無雲的月亮與星星
太柔和了
你說，不配漠原的個性
好，就給你一列山頭
起伏跌宕如波浪
來打破你鎮日埋怨的
萬里平蕪的枯燥

太詩意了
你說，山水藍天月亮星星
都俗不可耐
唉，你這個觀眾眞挑剔
看！
就給你一把揷天的刺針！
好！果然醒目！果然醒目！
我服了你

松香晴雪

鞭風瀉雪
在天地之間
沸騰翻旋
好一個吹長命哨子的
鬧哄哄的大茶壺！
淹滅了多少星月！

不知何時
風逐夜
雪逐風
而一一落定

這時
茶也好了

松香清清
散入
一城的白色
一城的透明
海拔七千尺的雪
在一展無垠的高原上
用閃光
（昨夜的星月和
今天的陽光所醞釀而成的）
搖拂萬里的天藍
幾個完成了雪人的小孩子
擠上了雪車

嘩的一聲
從雪坡上衝下
雪旅的一切都齊備了
讓我們揮手上路
捨不得？離別愁？
不！
記著那茶
記著那松香晴雪

一九八三年十一月末往大峽谷途中

遊馬城的落日（註）

我們緩緩地
　吃力地
　　從漠原漠漠的冥色裏
爬升爬升到
隘口
一橫百里市屋的燈光
突然
一齊在眼前沉落
入那
無邊汪洋的黑暗裏
而把
溶溶的落日

猛力濺起
一扇龐大的光枝
拔地飛騰
向萬里的高天
搖動著猶甚微弱的星辰
像一個大神的皇冠
在那深邃裏宣說：
我來了

一九八三年十一月末

註：遊馬城卽美國加州與亞里桑那州之間沙漠上的城市 Yuma之音譯。

留不住的航渡

雷雨

凝聚凝聚
鬱結鬱結
沉黑黑的
濃洳的
血塊

一刀劈開

天
在鑼鼓振奮、傳說激盪著小民長長生命的等待和期望中
放著鞭炮
揮著閃電

踏著響徹八方的雷霆
驅著萬里騰騰翻滾的雨腳
來了
要
炸碎
冷氣和安樂緊閉的門窗
要
衝破
濃厚如泥不見陽光的白日
要把
裹著的甜蜜
滿溢的沉醉和
錯亂而揮霍無度的睡夢
一同逐出
肉體之外
去流浪

流浪
到饑餓與失眠的荒野
到情思洶湧的大河……

斷想

之一

只是痛而心未死
原是一種傻
原是一種幼稚
才把世界看成
一團亮光和花簇
這，我早就知道
從開始
那場仗本來就是獨立支撐的
快樂的人都在場外玩
不快樂的人才老向中心闖

那若隱若現的中心
現在也不例外
做一個滿是愛心的理想主義者
要在無垠的死灰裏
生個火取暖
求些雨來種花
是傻是幼稚
這，我早就知道
痛是
不惜去人遠
但恨莫與同
孤遊非情嘆
賞廢理誰通
窗外每天有鷗鳥在碧波上飛過
牠不識我我不識牠

牠是詩亦不是詩
牠是我亦不是我
傻
與幼稚
乃有了這些思想……

之二

春天跟著那微細的稀薄的琴音完結了，之後便是各散西東的炎夏，你說，我們九月再見吧，也許從天之涯寄來一些舞踏與飛揚，和南中國下午四時的聽雨，滴滴那樣細而不斷的音響，浮在水霧的樹葉間，是的，像一個夢，陌生的夢，被入罐裝箱的夢，也許可以讓它從我們纖維綿密的邏輯裏，像一隻鳥那樣飛出來，啊，怕那高空暴君似的炎陽嗎？不必，就跟著那一絲一線的樂音，你可以……

向肉身辭別

離開，離開了我
你便更加光華四溢
太陽的眉睫
閃照著你急促的步履
從我
林森深暗的心岩裏
走出……

離開，離開了我物理的存在
你，細而無痕、律而無聲
跟著晨霧和水烟升起
不沾水面

不黏空氣
若觸無觸地
沉入空無裏
記憶
一瀉清泉
迴響著
我們曾穿梭無間
永遠走不盡的圓堂

放棄我的聲音
把它留在
白日的荒野上
那傷目裂目的白日的荒野
把它留在
層層摺疊的寂寥
層層摺疊厚厚的夜裏

讓它緩緩的凝固
如一個小小的生命
凝固在石化木的中央
讓它表達的姿式
保存它最純粹的形體
啊，那生命
在一種律的變動裏
在一種機的運轉裏
會破冷鏡而復甦？

放棄觸覺
把它留在茫茫的春雨中
那看不見中心沒有邊緣的春雨
把它留在
夢與醒空空的過道上
那不夢不醒的過道

霧雲
覆蓋一切的存在、一切的演現
在那看不見中心沒有邊緣的春雨中
觸覺稀薄
在夢與醒那不夢不醒的過道上
觸覺稀薄
稀薄
至止而
無、無而
無涯、無涯而
至大、至大而
至極、至極而
能動、動而
有
一點跳躍
一絲

一抹
一掃
彷彿要
爆
發，彷彿
要……

冰凝。溶化。岩漿。沖天的火燄。

離開，棄肉身與一切知覺
你便升起
依著水烟，依著火燄

早晨的探訪

也許是昨夜雨洗的關係
今晨，這一片坡地
因著飲露逐戲的一羣黑鳥
而濺散著草綠的新鮮
空氣在微雲移行的藍天下
是如此令人振奮
令人對生命
仰視而騰躍
我們彷彿可以聽見
新草的生長、小花爭放的聲音
今晨，妻帶著我來看妳
沉默的坡地

迴響我們輕行的足音
三兩黑鳥
因著我們的來臨
迅速地從坡地飛起
旋過那棵獨立的槐樹
而在我們停下來不遠的地方
似懂非懂的看著我們
我抱著因車禍而上了石膏的手臂
死亡猶新的記憶
站在妳安臥的居所前面
一種親切
是如此重重地勒著我的心胸
而感著骨骼微微的痛楚
我們都沒有說話
那幾隻黑鳥看我們低著頭
偶爾用手帕輕輕抹著眼角

而有些好奇
一跳一停地
向我們慢慢圍攏過來
妻瞿然一驚
把我緊緊的抱住
這一動作
同時把黑鳥振飛到坡地外
這，妳也許都默默地看到了
也許，妳有什麼要告訴我們？
今晨，我們來了
好像有不少話要和妳說
啊，此刻喉頭一塞
什麼話也都說不出來了
對不起啊
我們騷動了妳今晨的靜謐
我們騷動了妳漸入於無的記憶

裸荷

題張杰一張近作

無草
無樹
無土
無馬無龍
無鹿無虎
無水
無河
無海
無波無浪
無人

無塵
無烟
無霧雲
無蝶鳥
在一片無垠的無裏
騰空躍起
一列
無葉的淋漓欲滴的荷莖
挺挺排立
昂著粉黛欲放未放的花苞
一如
在春天
一排新誕生的「裸女」(註)
不帶一絲煩惱
純清地
佇立在框不住的藍天裏

顫顫，顫著
我們肉眼看不見的舞蹈
絕細的動姿
絕微的鬢響
挑引著你
挑引著我
入那框不住的喜
入那框不住的樂

註：「裸女」（Naked Lady）是一種宮人草，先以無葉的花莖出土，花開後始見葉，故名「裸女」。

留不住的航渡

一

是誰
在水裏
洗濯著
太陽呢？
這麼大的一片
奪目的
光芒
把你的
把我的眼睛盲住啊
看不見

天際的
歸舟和那
牽引著金雲
緩緩地飛返的羣鳥

二

微微的一點
移動的
黑
影
把水裏的太陽
拖出
一條長長長長
光鏡閃閃的
航道
召示著你

召示著我
隨
那見而若滅
隱而猶現
漸失形影的
黑點
而沉入
那海天不分的塵霞裏

三

突然
雲：裂開
天：擴散
水光迅速擴展
山形一一明亮
熊熊的一團

金芒四濺的
胸針是
整個天穹
那樣
刺著你的
刺著我的
全身

四

留不住
留不住
那溶岩的心
從雲層間墮落
如此的焚熱
如此的淋漓欲滴
如此的

激盪、跳動、顫顫然
在沉入巨大的黑暗之前

五

一聲
寂滅前
震耳欲聾的呼喊
解體的太陽
片片的血
漬染著滿天的雲
從黑暗中
撒出
一個破絮的網
頓時
把傷心欲絕的世界
無奈地網起

一九八五年於香港

畫意兩章

其一

天空的摺痕
石的摺痕
即是時間的留迹
山的淋漓
水的淋漓
可是你我的生命

其二

山影重重
樹影重重

脈絡重重
都是因爲
月出的緣故

滂沱之歌

一

那麼
就讓我們携手
走進大雨的滂沱裏

陽光畫岸的日子
在早晨
海霧蒸發
在沙漠風的熱氣裏
迅速地消失
晴明

便如此永恆地
如一塊透明而單調的玻璃
罩著我們
日夕重覆的生命
彷彿一支支緩慢的箭矢
緩慢地馳來
緩慢地射入
我們柔弱的肉身裏
生命
不知不覺地
生入那
無可探測的死亡中
啊，這不正是
你我奔逐欲捕的
幽獨的幸福嗎？
讓生命

緩慢地流過
透明無碍的通道
讓生命趴在
寂靜中
等待一種發生?

二

在滂沱的雨鞭下
我們讓遲鈍多年的肌膚
接受按摩
讓它從遙遠的記憶裏
歸來
醒轉
讓生命再次感認
季節詭奇的律呂
和反常

常反地
推展萬物的動變
在滂沱的雨幕裏
我們第一次
因著晝短
而感到時間的跳躍
因著夜長
而感到空間
在我們胸中的生長
因著天眼的閉合
和水國無盡的封疆
而感到
無盡的迷茫裏
整個宇宙
如此勤懇地
如此狂蠻而文雅地

把氣脈
每一秒鐘地
每一分鐘地
貫進我們逐漸擴張的知覺

一九八五年十一月二十七日

浪濤之歌

在寂寂未語的景物間
你可看見層層起伏的波浪？
我們把眼睛打開
眉睫猶在微顫
眼瞼猶在遲疑
來得如此迅速
一片窗跟著光搶先衝入
一個庭院跟著光馬上展開
那相爭拔起的
火焰的繁花
和花的浪濤裏
一個飄髮的女子

倚著汹猛的河流
當亮白的山城
沈入泉湧的綠樹裏
當太陽
穿破雲葉
在藍天裏
濺射起
此起彼落翻飛的白鳥
看出去
是層層的波浪
把生命打開
打開
自無窮盡的
寂寂未語的千堆黑裏
驚濤
自邃古

永恒地
拍著正待開啟的生命的眼框
是如此狂蠻地
是如此野性地
自宇宙的深淵
湧瀉
一股力推動
另一股力
源源不絕地
催逼
一種誕生
一種開啟
一種浮動的
血液的澎湃
尋找著它的兩岸
一種脈膊的跳動

尋找著它的線路……
在我們再次沉入那
驚濤千堆黑之前

把生命打開
看出去
是層層的波浪
層層的波浪是生命的風景

雀躍之歌

一

喚水鳥
喚騰雲
喚山風
喚果子
來開始
一個平常的白日

二

等水鳥
打起池塘的水

等騰雲
移動天幕
等山風
梳醒樹羣
等果子
灑落一谷的金黃

三

飛雲
出
谷
迷茫
輕輕地
啟開
眉睫
光

從狹縫裏
誕生
名日
曙
海與天
由是
有了界邊

四

梅著紅
柳著綠
點點
閃閃
江南
江北
一路春下去

五

鳥鳴
接鳥鳴
鳥鳴
接鳥
鳴
清音
脆囀
當
泉湧深谷
陽光穿枝帶葉
爍爍爍的
鳥鳴
串成了
一條升空的項鍊

串成了
一山禁不住的燦然

六

山
牧著雲
雲
牧著山
悠悠地
馳赴
騰湧欲起的
藍天

七

柔軟的母體裏
蜷臥著

小小的
睡眠

白雲
在這個山頭
拉掛到
那個山頭
透明的床單上
呼吸
舒伸

八

平
靜
透明
壯濶

鳥影馳過
雲影馳過
一片動而若止的水
山影亭亭
草影亭亭
壯濶
透明
靜而
平

什麼時候
毫無警告地
兩岸
如
兩臂
往胸前一收

逼得那
止而實動的水
急忙起來
急燥起來
水湧水
波逐波
而在山的合掌處
衝出一條
長虹
直瀉萬丈深谷的
一線瀑布

九

看不見的
風
也一樣

被狹谷
一逼
被山凹
一彎
便被扭成
細長的一條辮子
由燕子啣著
拉入
震耳欲聾的浪潮裏

十

或教你
教你
像我一樣
去飲那
空

而豐滿的
杯
在這一個平常的白日裏

上午小調

走著
一條小小小小的石子路
行過
一排彎彎彎彎的藍頂屋
聽那
一雙細細細細的銀鈴足
輕踏
一段急急急急的碎花步
且看
一一打開開開的圓窗戶
探出
一列圓果果果的紅臉譜

奏著
一組點滴滴滴滴的烏眼珠
透亮
一個喜氣洋洋初生的上午

摺疊的早晨

天空是摺疊的
叢樹是摺疊的
緩步而行的綠衣的女子
互相依偎的情人
他們微微起伏的細語
顫動著的杜鵑花
也是摺疊的
連偶而從谷中飛來
在花旁作短暫的停駐
那挺著白冠的
鷺鷥
也是摺疊的

堤是摺疊的
拿著書本在那堤上來回走動的人影
也是摺疊的
亭子是摺疊的
柳條是摺疊的
離是摺疊的
合是摺疊的
湖，這個有名的……啊……那個未名的湖
也是摺疊的
這個湖心的我
另一個湖心的我
也是摺疊的
雨後的早晨
久雨後初發的陽光
也如此
摺疊著

一個遙遠的故事
一個親近的故事
拋一顆石子吧
摺疊的景物
將更加嫵媚
摺疊的記憶
將更加飄然
將更能滌盪
這個緩緩散向遠方的圓心

一九八六春於清華

畫雨

當防風林
像雨刷子那樣
把美麗的農田
一幅一幅的
撥給我看
雨霧中
山腳下
偶然
閃現
獨
立
猶

存
的
一、二古厝
挑著我的寂寞
刺著我的愁腸
唉，多痛苦啊
去畫一張我那漸被遺忘的故鄉

一九八六年四月

春日懷杜甫

一

看不見周邊
龐大無朋的一個園
叫做家
在心胸的內裏
不斷的擴展

二

風的
骨胳
水的

屍跡
每一分鐘都在製造著

三

氣凝聚
黑暗凝聚
波浪凝聚
泥石凝聚
從遠古開始

四

破土而出
帶土而行
山擋不住
石擋不住
一聲呼喝，連天也擋不住

五

所謂離
是因爲合的關係
所謂合
是因爲離
不離不合是謂可握的空無

六

一圈的牆
界定了
你的個性
你的生命

七

是一種看不見的

活動
突然的
加速
情無以禁

八

割而不盡
燒而不死
生命的循環
循環的生命
吹
著
而甦醒

九

把天空撐成一把傘

把星星
舞動至昏暈
把鳥招來遣去
皆自然

十

密不透風
暗不見日
一種涼
在夏日
一種恐怖
在冬天

十一

觸而動
動而顫

顫而驚
驚而覺
都因一種突然的顯現

十二

來而無由
去而無止
快與慢
都是相對的
正如
悲劇喜劇紙一隔

十三

把早晨打開
把天空納入
我們從中心出發

爬向邊緣
來製造
那永久失去的鄉之愁

十四

有聲，清脆
無聲，安和
躍起
不計高度
躍起
只爲了躍起

十五

圓的
光的
透明的

空而充滿著
永遠形容不完的所謂情感

十六

長的是
沉落的心
長的也是
暗暗的焚燒

十七

所有的距離都是內在的
量它
以你的悲哀
以你的喜樂

十八

來了
我們驚覺遠方的臨近
只這麼一聲
便把魂魄攝走
攝回去
我們童年居停的舊地

十九

我們動容：
因一草一木
而暴哭

寒冷的戰役
失跡的戰役
一夜間
從我們的夢中躍出來

把我們緊緊的握著

二十

說大不大
說小不小
是山是水是日月
全在你的一念
是刀是劍是塵拂

二十一

望長天
燒春日
杜甫
你可有什麼給我們的訊息？

二十二

一種姿式
便够了
文字生
文字死
我全明白
一種手勢
便够了

一九八六年春天

記憶的埋伏

雨後是
霧、霧後是
夜、夜後是
長長的暗黑無光的
記憶
隧道中無端湧現的傷痕
和那也許是甜而
捉不住感不到
浮游在
漆黑裏
似乎永遠走不到的
盡頭的一點光

光？還是一面
照不出自己的鏡子
閃爍地挑引著我？

夜前是霧
霧前是
雨、雨前
是曾是親切
現在極其生疏的
松青與天藍
所有的傳奇都是遙不可及的
明明知道
我仍是猛猛不顧地陷入
一種傷殘自己的追踪裏
隧道中一些笑聲
像抓不住泥土的巨石
重重地壓在我已經不認識的肉身上

葉維廉簡介

在中年輩的詩人學者中，很少人能像葉維廉教授那樣，同時在詩創作、翻譯、文學批評和比較文學四方面都有突破性的貢獻。

葉氏早年在臺灣與瘂弦、洛夫、商禽、張默等從事新詩前衞思潮與技巧的推動，一時風起雲湧。他的詩與詩論均曾獲獎（「降臨」，最佳詩作獎；「秩序的生長」，教育部文藝獎），並在一九七九年被列入「中國十大傑出詩人選集」。

在翻譯方面，他譯的「荒原」和論艾略特的文字在六十年代的臺灣，受到很大的注意。其後他又譯介歐洲和拉丁美洲現代詩人（見其「眾樹歌唱」），開拓了不少新的視野和技巧。在中譯英方面，他一九七〇年出版的 Modern Chinese Poetry，其中有六人被收入美國大學常用教科書內。在中國古典詩方面，葉氏則通過中國古代美學根源的重認，譯介了王維一卷（Hiding the Universe: Poems of Wang Wei）和「中國古典詩文類舉要」（Chinese Poetry: Major Modes and Genres），匡正了西方翻譯對中國美感經驗的歪曲。

在文學批評方面，除了早期論詩文集「秩序的生長」外，還著有「中國現代小說的風貌」（

香港版是「現象·經驗·表現」），是第一本探討臺灣現代小說藝術美學理論基源的書。

葉氏近年在學術上貢獻最突出，最具領導性、影響最具國際性的無疑是他在東西比較文學方法的提供與發明，由他的「東西比較文學模子的應用」一文（一九七四）開始，到最近出版的「比較詩學」一書（一九八三），十一年來，對西方新、舊文學理論應用到中國文學研究的可行性及危機，作了根源性的質疑與綜合，並通過「異同全識並用」的闡明，來肯定及發揮中國古典美學的特質，又通過中西文學模子和體制的「互照互省」，來試圖尋求更合理的共同文學規律來建立多面性的理論架構。

葉氏在一九三七年生於廣東中山，先後畢業於臺大外文系，師大英語研究所，並獲愛荷華大學美術碩士及普林斯頓大學比較文學哲學博士。

葉氏中英文著作凡三十册。主要詩集有：「賦格」、「愁渡」、「醒之邊緣」、「野花的故事」、「花開的聲音」、「松鳥的傳說」、「驚馳」。散文集有：「萬里風煙」、「憂鬱的鐵路」。中文論文有：「秩序的生長」、「中國現代小說的風貌」、「飲之太和」、「比較詩學」。英文論文譯著有：Ezra Pound's Cathay; Modern Chinese Poetry, Chinese Poetry; Major Modes and Genres; Hiding the Universe: Poems of Wang Wei。中譯有「荒原」及「眾樹歌唱」兩種。

葉氏自一九六七年便任教於加州大學聖地雅谷校區，現任比較文學系主任。一九七〇、一九七四，曾以客座身份返回其母校臺灣大學協助建立比較文學博士班。又在一九八〇～八二，出任香港中文大學英文系首席客座講座敎授，並協助建立比較文學研究所。一九八六年春天則在清華大學講授傳釋行爲與中國詩學，對跨文化間的傳意、釋意作了深入淺出的論說。

滄海叢刊已刊行書目(八)

書名	作者	類別
文學欣賞的靈魂	劉述先	西洋文學
西洋兒童文學史	葉詠琍	西洋文學
現代藝術哲學	孫旗譯	藝術
音樂人生	黃友棣	音樂
音樂與我	趙琴	音樂
音樂伴我遊	趙琴	音樂
爐邊閒話	李抱忱	音樂
琴臺碎語	黃友棣	音樂
音樂隨筆	趙琴	音樂
樂林蓽露	黃友棣	音樂
樂谷鳴泉	黃友棣	音樂
樂韻飄香	黃友棣	音樂
樂圃長春	黃友棣	音樂
色彩基礎	何耀宗	美術
水彩技巧與創作	劉其偉	美術
繪畫隨筆	陳景容	美術
素描的技法	陳景容	美術
人體工學與安全	劉其偉	美術
立體造形基本設計	張長傑	美術
工藝材料	李鈞棫	美術
石膏工藝	李鈞棫	美術
裝飾工藝	張長傑	美術
都市計劃概論	王紀鯤	建築
建築設計方法	陳政雄	建築
建築基本畫	陳榮美 楊麗黛	建築
建築鋼屋架結構設計	王萬雄	建築
中國的建築藝術	張紹載	建築
室內環境設計	李琬琬	建築
現代工藝概論	張長傑	雕刻
藤竹工	張長傑	雕刻
戲劇藝術之發展及其原理	趙如琳譯	戲劇
戲劇編寫法	方寸	戲劇
時代的經驗	汪琪 彭家發	新聞
大衆傳播的挑戰	石永貴	新聞
書法與心理	高尚仁	心理

滄海叢刊已刊行書目(七)

書名	作者	類別
印度文學歷代名著選(上)(下)	糜文開編譯	文學
寒山子研究	陳慧劍	文學
魯迅這個人	劉心皇	文學
孟學的現代意義	王支洪	文學
比較詩學	葉維廉	比較文學
結構主義與中國文學	周英雄	比較文學
主題學研究論文集	陳鵬翔主編	比較文學
中國小說比較研究	侯健	比較文學
現象學與文學批評	鄭樹森編	比較文學
記號詩學	古添洪	比較文學
中美文學因緣	鄭樹森編	比較文學
文學因緣	鄭樹森	比較文學
比較文學理論與實踐	張漢良	比較文學
韓非子析論	謝雲飛	中國文學
陶淵明評論	李辰冬	中國文學
中國文學論叢	錢穆	中國文學
文學新論	李辰冬	中國文學
離騷九歌九章淺釋	繆天華	中國文學
苕華詞與人間詞話述評	王宗樂	中國文學
杜甫作品繫年	李辰冬	中國文學
元曲六大家	應裕康 王忠林	中國文學
詩經研讀指導	裴普賢	中國文學
迦陵談詩二集	葉嘉瑩	中國文學
莊子及其文學	黃錦鋐	中國文學
歐陽修詩本義研究	裴普賢	中國文學
清真詞研究	王支洪	中國文學
宋儒風範	董金裕	中國文學
紅樓夢的文學價值	羅盤	中國文學
四說論叢	羅盤	中國文學
中國文學鑑賞舉隅	黃慶萱 許家鸞	中國文學
牛李黨爭與唐代文學	傅錫壬	中國文學
增訂江皋集	吳俊升	中國文學
浮士德研究	李辰冬譯	西洋文學
蘇忍尼辛選集	劉安雲譯	西洋文學

滄海叢刊已刊行書目(六)

書名	作者	類別
卡薩爾斯之琴	葉石濤	文學
青囊夜燈	許振江	文學
我永遠年輕	唐文標	文學
分析文學	陳啓佑	文學
思想起	陌上塵	文學
心酸記	李喬	文學
離訣	林蒼鬱	文學
孤獨園	林蒼鬱	文學
托塔少年	林文欽編	文學
北美情逅	卜貴美	文學
女兵自傳	謝冰瑩	文學
抗戰日記	謝冰瑩	文學
我在日本	謝冰瑩	文學
給青年朋友的信(上)(下)	謝冰瑩	文學
冰瑩書柬	謝冰瑩	文學
孤寂中的廻響	洛夫	文學
火天使	趙衞民	文學
無塵的鏡子	張默	文學
大漢心聲	張起鈞	文學
回首叫雲飛起	羊令野	文學
康莊有待	向陽	文學
情愛與文學	周伯乃	文學
湍流偶拾	繆天華	文學
文學之旅	蕭傳文	文學
鼓瑟集	幼柏	文學
種子落地	葉海煙	文學
文學邊緣	周玉山	文學
大陸文藝新探	周玉山	文學
累廬聲氣集	姜超嶽	文學
實用文纂	姜超嶽	文學
林下生涯	姜超嶽	文學
材與不材之間	王邦雄	文學
人生小語(一)(二)	何秀煌	文學
兒童文學	葉詠琍	文學

滄海叢刊已刊行書目(五)

書名	作者	類別
中西文學關係研究	王潤華	文學
文開隨筆	糜文開	文學
知識之劍	陳鼎環	文學
野草詞	韋瀚章	文學
李韶歌詞集	李韶	文學
石頭的研究	戴天	文學
留不住的航渡	葉維廉	文學
三十年詩	葉維廉	文學
現代散文欣賞	鄭明娳	文學
現代文學評論	亞菁	文學
三十年代作家論	姜穆	文學
當代臺灣作家論	何欣	文學
藍天白雲集	梁容若	文學
見賢集	鄭彥棻	文學
思齊集	鄭彥棻	文學
寫作是藝術	張秀亞	文學
孟武自選文集	薩孟武	文學
小說創作論	羅盤	文學
細讀現代小說	張素貞	文學
往日旋律	幼柏	文學
城市筆記	巴斯	文學
歐羅巴的蘆笛	葉維廉	文學
一個中國的海	葉維廉	文學
山外有山	李英豪	文學
現實的探索	陳銘磻編	文學
金排附	鍾延豪	文學
放鷹	吳錦發	文學
黃巢殺人八百萬	宋澤萊	文學
燈下燈	蕭蕭	文學
陽關千唱	陳煌	文學
種籽	向陽	文學
泥土的香味	彭瑞金	文學
無緣廟	陳艷秋	文學
鄉事	林清玄	文學
余忠雄的春天	鍾鐵民	文學
吳煦斌小說集	吳煦斌	文學

滄海叢刊已刊行書目㈣

書名	作者	類別
歷史圈外	朱桂	歷史
中國人的故事	夏雨人	歷史
老臺灣	陳冠學	歷史
古史地理論叢	錢穆	歷史
秦漢史	錢穆	歷史
秦漢史論稿	刑義田	歷史
我這半生	毛振翔	歷史
三生有幸	吳相湘	傳記
弘一大師傳	陳慧劍	傳記
蘇曼殊大師新傳	劉心皇	傳記
當代佛門人物	陳慧劍	傳記
孤兒心影錄	張國柱	傳記
精忠岳飛傳	李安	傳記
八十憶雙親 師友雜憶合刊	錢穆	傳記
困勉強狷八十年	陶百川	傳記
中國歷史精神	錢穆	史學
國史新論	錢穆	史學
與西方史家論中國史學	杜維運	史學
清代史學與史家	杜維運	史學
中國文字學	潘重規	語言
中國聲韻學	潘重規 陳紹棠	語言
文學與音律	謝雲飛	語言
還鄉夢的幻滅	賴景瑚	文學
葫蘆・再見	鄭明娳	文學
大地之歌	大地詩社	文學
青春	葉蟬貞	文學
比較文學的墾拓在臺灣	古添洪 陳慧樺 主編	文學
從比較神話到文學	古添洪 陳慧樺	文學
解構批評論集	廖炳惠	文學
牧場的情思	張媛媛	文學
萍踪憶語	賴景瑚	文學
讀書與生活	琦君	文學

滄海叢刊已刊行書目(三)

書名	作者	類別
不疑不懼	王洪鈞	教育
文化與教育	錢穆	教育
教育叢談	上官業佑	教育
印度文化十八篇	糜文開	社會
中華文化十二講	錢穆	社會
清代科舉	劉兆璸	社會
世界局勢與中國文化	錢穆	社會
國家論	薩孟武譯	社會
紅樓夢與中國舊家庭	薩孟武	社會
社會學與中國研究	蔡文輝	社會
我國社會的變遷與發展	朱岑樓主編	社會
開放的多元社會	楊國樞	社會
社會、文化和知識份子	葉啓政	社會
臺灣與美國社會問題	蔡文輝 蕭新煌 主編	社會
日本社會的結構	福武直 著 王世雄 譯	社會
三十年來我國人文及社會科學之回顧與展望		社會
財經文存	王作榮	經濟
財經時論	楊道淮	經濟
中國歷代政治得失	錢穆	政治
周禮的政治思想	周世輔 周文湘	政治
儒家政論衍義	薩孟武	政治
先秦政治思想史	梁啓超原著 賈馥茗標點	政治
當代中國與民主	周陽山	政治
中國現代軍事史	劉馥 著 梅寅生 譯	軍事
憲法論集	林紀東	法律
憲法論叢	鄭彥棻	法律
師友風義	鄭彥棻	歷史
黃帝	錢穆	歷史
歷史與人物	吳相湘	歷史
歷史與文化論叢	錢穆	歷史

滄海叢刊已刊行書目(二)

書名	作者	類別
語言哲學	劉福增	哲學
邏輯與設基法	劉福增	哲學
知識・邏輯・科學哲學	林正弘	哲學
中國管理哲學	曾仕强	哲學
老子的哲學	王邦雄	中國哲學
孔學漫談	余家菊	中國哲學
中庸誠的哲學	吳怡	中國哲學
哲學演講錄	吳怡	中國哲學
墨家的哲學方法	鐘友聯	中國哲學
韓非子的哲學	王邦雄	中國哲學
墨家哲學	蔡仁厚	中國哲學
知識、理性與生命	孫寶琛	中國哲學
逍遥的莊子	吳怡	中國哲學
中國哲學的生命和方法	吳怡	中國哲學
儒家與現代中國	韋政通	中國哲學
希臘哲學趣談	鄔昆如	西洋哲學
中世哲學趣談	鄔昆如	西洋哲學
近代哲學趣談	鄔昆如	西洋哲學
現代哲學趣談	鄔昆如	西洋哲學
現代哲學述評(一)	傅佩榮譯	西洋哲學
懷海德哲學	楊士毅	西洋哲學
思想的貧困	韋政通	思想
不以規矩不能成方圓	劉君燦	思想
佛學研究	周中一	佛學
佛學論著	周中一	佛學
現代佛學原理	鄭金德	佛學
禪話	周中一	佛學
天人之際	李杏邨	佛學
公案禪語	吳怡	佛學
佛教思想新論	楊惠南	佛學
禪學講話	芝峯法師譯	佛學
圓滿生命的實現（布施波羅蜜）	陳柏達	佛學
絕對與圓融	霍韜晦	佛學
佛學研究指南	關世謙譯	佛學
當代學人談佛教	楊惠南編	佛學

滄海叢刊已刊行書目(一)

書名	作者	類別
國父道德言論類輯	陳立夫	國父遺教
中國學術思想史論叢(一)(二)(三)(四)(五)(六)(七)(八)	錢穆	國學
現代中國學術論衡	錢穆	國學
兩漢經學今古文平議	錢穆	國學
朱子學提綱	錢穆	國學
先秦諸子繫年	錢穆	國學
先秦諸子論叢	唐端正	國學
先秦諸子論叢(續篇)	唐端正	國學
儒學傳統與文化創新	黃俊傑	國學
宋代理學三書隨劄	錢穆	國學
莊子纂箋	錢穆	國學
湖上閒思錄	錢穆	哲學
人生十論	錢穆	哲學
晚學盲言	錢穆	哲學
中國百位哲學家	黎建球	哲學
西洋百位哲學家	鄔昆如	哲學
現代存在思想家	項退結	哲學
比較哲學與文化(一)(二)	吳森	哲學
文化哲學講錄(一)(二)(三)(四)	鄔昆如	哲學
哲學淺論	張康譯	哲學
哲學十大問題	鄔昆如	哲學
哲學智慧的尋求	何秀煌	哲學
哲學的智慧與歷史的聰明	何秀煌	哲學
內心悅樂之源泉	吳經熊	哲學
從西方哲學到禪佛教 —「哲學與宗教」一集—	傅偉勳	哲學
批判的繼承與創造的發展 —「哲學與宗教」二集—	傅偉勳	哲學
愛的哲學	蘇昌美	哲學
是與非	張身華譯	哲學